本書使用教育部台 (87) 語字第八七ＯＯＯ五七七號公告之方音符號系統

國家圖書館出版品預行編目（CIP）資料

咱的囡仔歌：菜瓜開花 / 林武憲文；鄭明進圖. -- 初版. -- 新北市：字畝文化創意有限公司出版：遠足文化事業股份有限公司發行, 2022.09
36 面；18.5×26 公分
ISBN 978-626-7069-77-6（精裝）
863.598 111007914

咱的囡仔歌
菜瓜開花

作　　者｜林武憲
繪　　者｜鄭明進

字畝文化創意有限公司
社長兼總編輯｜馮季眉
責任編輯｜巫佳蓮
編　　輯｜戴鈺娟、陳心方
封面設計｜陳怡今
美術設計｜張簡至真
臺語校訂｜周美香
臺語標音｜陳建中
出　　版｜字畝文化創意有限公司
發　　行｜遠足文化事業股份有限公司
地　　址｜ 231 新北市新店區民權路 108-2 號 9 樓
電　　話｜ (02)2218-1417
傳　　真｜ (02)8667-1065
電子信箱｜ service@bookrep.com.tw
網　　址｜ www.bookrep.com.tw

讀書共和國出版集團
社長｜郭重興　發行人｜曾大福
業務平臺總經理｜李雪麗　業務平臺副總經理｜李復民
實體書店暨直營網路書店組｜林詩富、郭文弘、賴佩瑜、王文賓、周宥騰、范光杰
海外通路組｜張鑫峰、林裴瑤　特販組｜陳綺瑩、郭文龍
印務部｜江域平、黃禮賢、李孟儒

法律顧問｜華洋法律事務所　蘇文生律師
印　　製｜通南彩色印刷有限公司

2022 年 9 月　初版一刷
2023 年 3 月　初版二刷

定價｜ 320 元　書號｜ XBTW0002
ISBN 978-626-7069-77-6

咱的囡仔歌

菜瓜開花

文 林武憲　圖 鄭明進

作繪者簡介

作者／林武憲

1944 年出生，彰化伸港人，嘉義師範學校畢業。曾任教職、國臺語教材編審委員、中華兒童百科全書特約編輯、編輯顧問。從事國臺語研究、詩歌創作與編輯、兒童文學評論。曾獲語文獎章、文藝獎章、中華兒童文學獎、彰化磺溪文學特別貢獻獎及全國特優教師。編著有《兒童文學與兒童讀物的探索》、中英對照有聲詩畫集《無限的天空》及教材等一百多冊。作品譯成英、日、韓、西等多種語文，有國內外作曲家譜曲一百多首。

繪者／鄭明進

1932 年出生於臺北市，兼具國小美術老師、編輯、作家、翻譯家、畫家、美術評論家、兒童繪畫教育者，多重身分的兒童繪本權威，是臺灣兒童圖畫書推廣的啟蒙師，也是臺灣兒童美術教育的先驅。不只創作不輟，也出版圖畫書導讀評論多冊，引領大眾理解圖畫書的奧妙，也促成許多國際交流活動，童書界常尊稱他為「臺灣兒童圖畫書教父」，一輩子喜愛繪本的他，更喜歡稱自己為「繪本阿公」。

目　錄

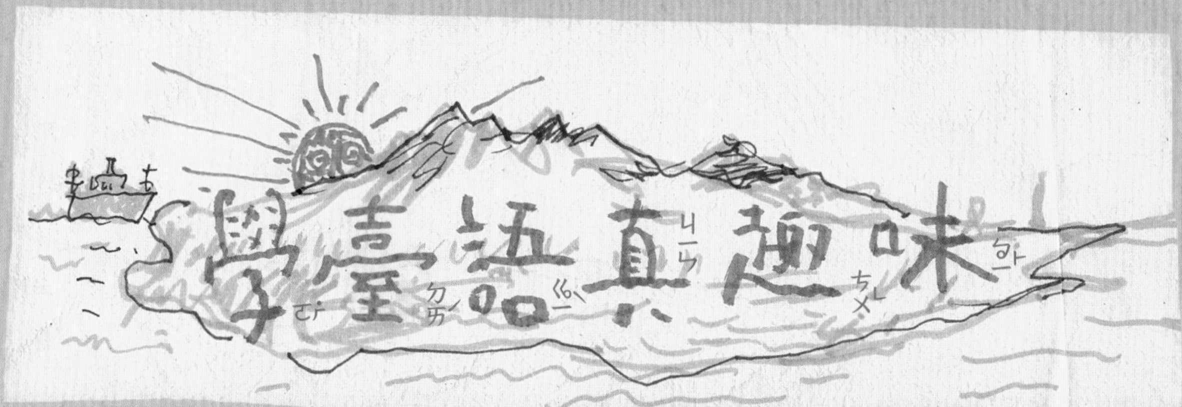

逐家鬥陣學臺語，愈學是愈趣味。

『活生生』愛講活跳跳，

『打招呼』是相借問，

『紅糖』就是烏糖，

『冰糖』就是糖霜，

毋知著愛認真問。

『燙頭髮』若講燙頭毛，

『圖畫紙』若講圖畫紙，

笑死的是紙毋是我。

『絲瓜』若是講西瓜，

逐家笑你『大傻瓜』。

祖先留落來的臺語，

寶貝文雅閣趣味，絕對毋通放無去，

佇厝著愛講臺語，出門咧，隨在你！

註：『』內是華語詞語

※ 燙頭髮：電ㄉㄧㄢ˫頭ㄊㄠˊ毛ㄇㆧˊ

圖畫紙：畫ㄨㆤ˫圖ㄉㆦˊ紙ㄗㄨㄚˋ

絲瓜：菜ㄘㄞ˪瓜ㄍㄨㆤ

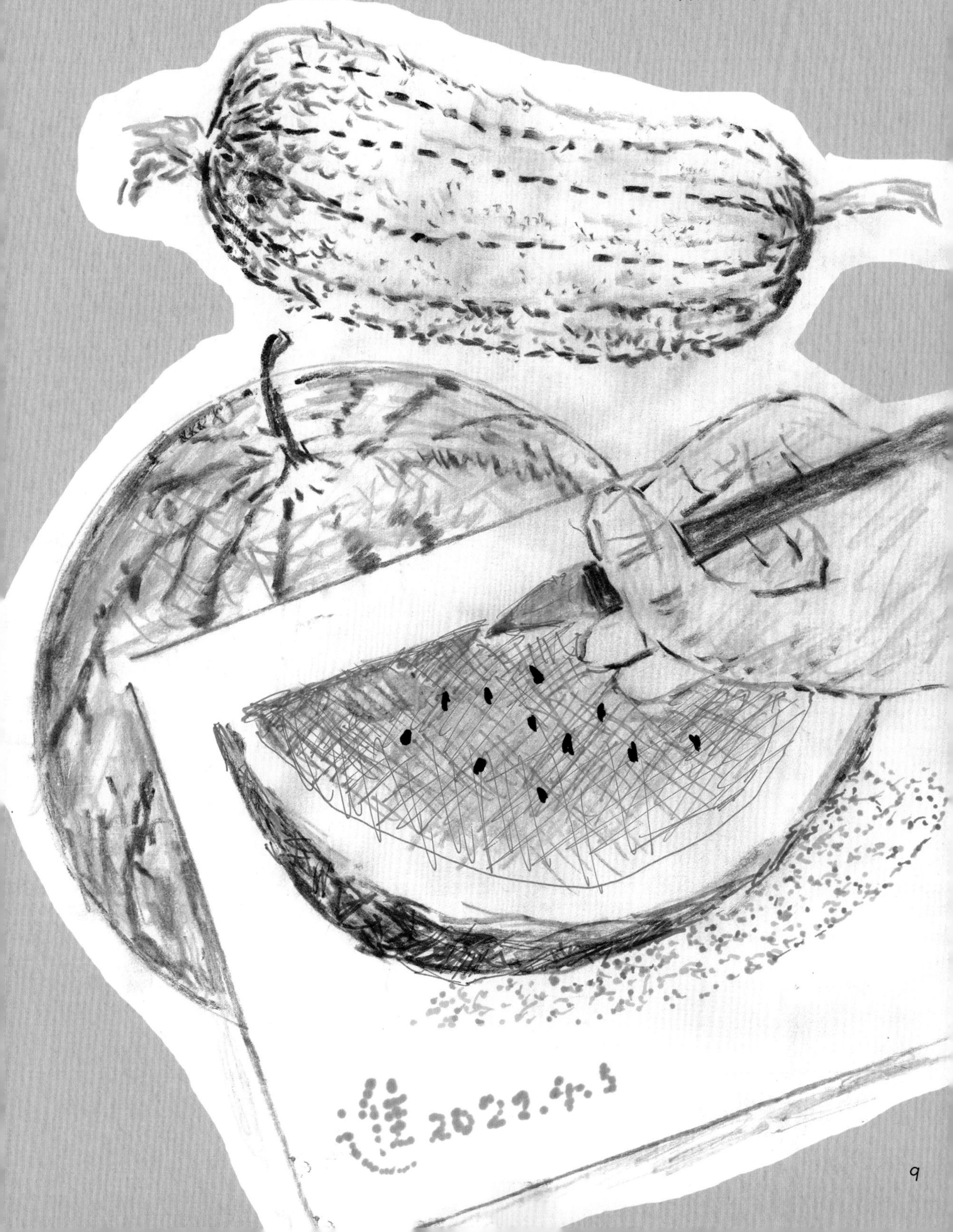

結頭菜

結頭菜，頭誠大，
有人叫伊「大頭仔」。
大頭仔，我問你，
你若去剃頭，
一擺著愛偌濟錢？

塗豆

菜豆　皇帝豆

攏佇塗面頂

展示個的美麗　光彩

阮佇塗內

恬恬充實家己

只要有成果

毋驚人毋知

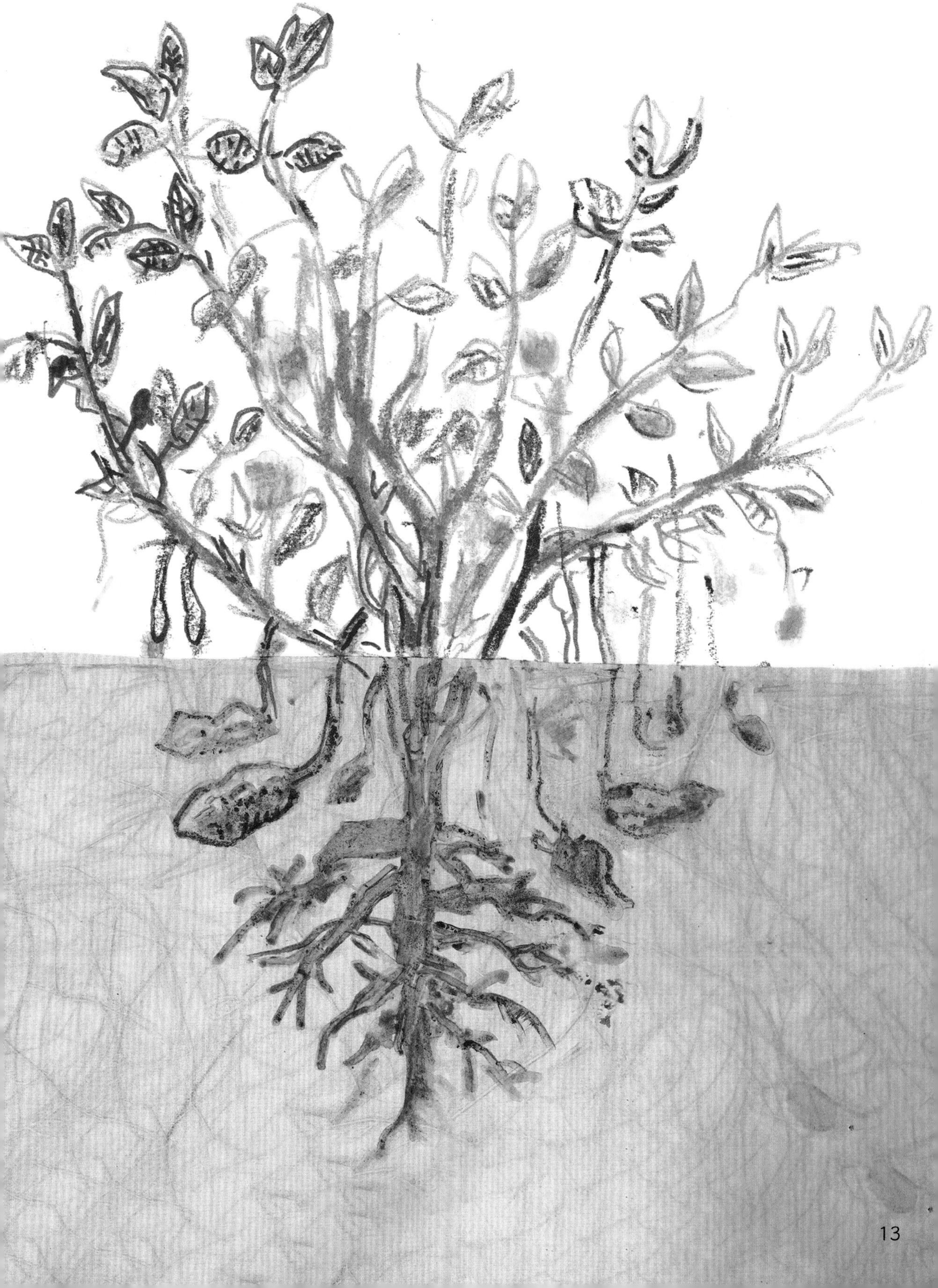

楊桃

媽媽變魔術，

共楊桃變天星，

一粒星，兩粒星，三粒星，

大大細細有六粒，

我共金黃的天星食落去，

腹肚是毋是會金爍爍？

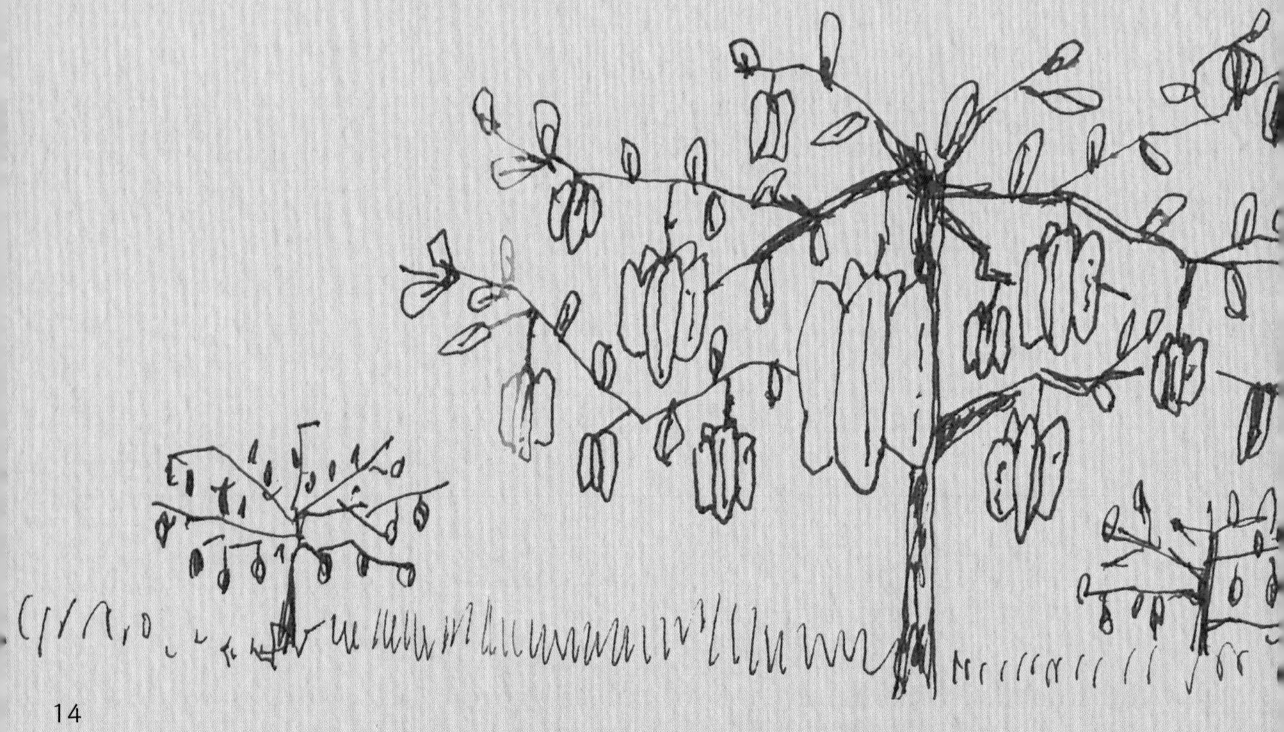

2012.1

時計果

時計果，像雞卵，
甘甘甜甜閣酸酸。
酸甘甜的滋味，
像樣仔　像王梨　像荔枝……
有人叫伊『百香果』，
有人講伊神仙果，
消除疲勞　消炎止疼
攏真好！

註：『』內是華語詞語

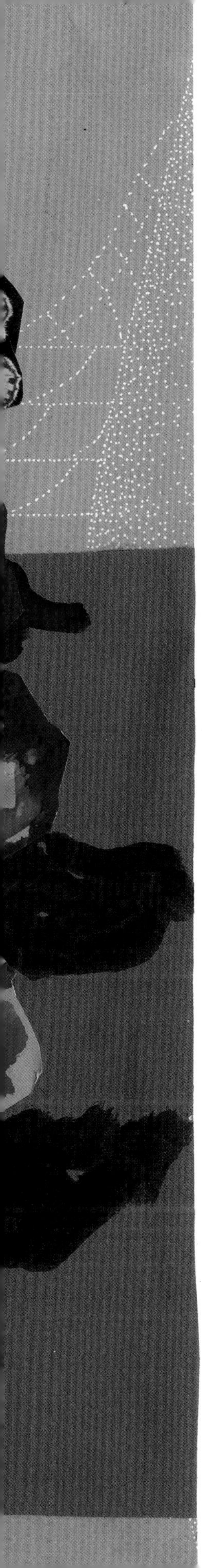

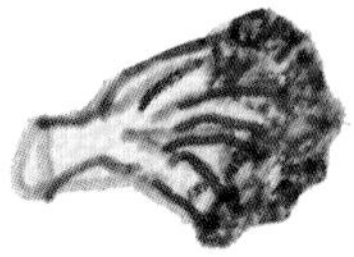

花菜・花菜

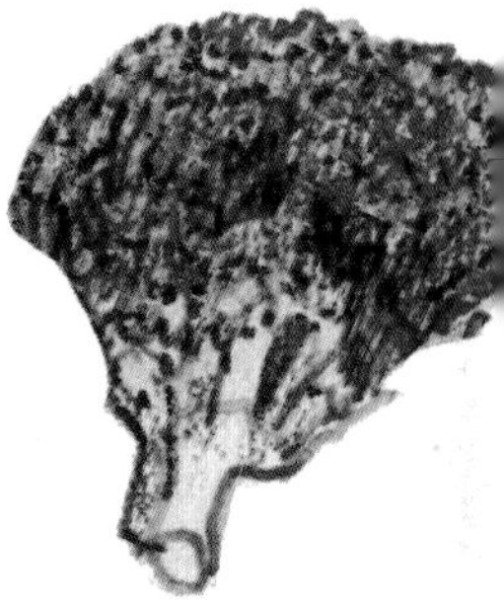

花菜，花菜，

有人感覺真奇怪，

問我是花抑是菜。

毋是花啦，我是菜，

生做袂穤親像花，

毋才共我叫「花菜」，

這敢有啥物奇怪？

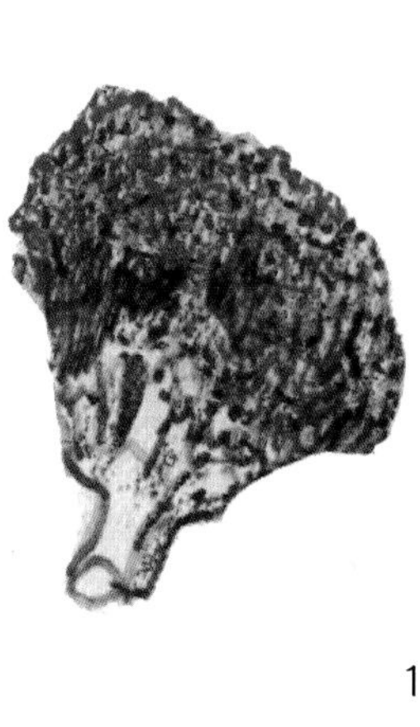

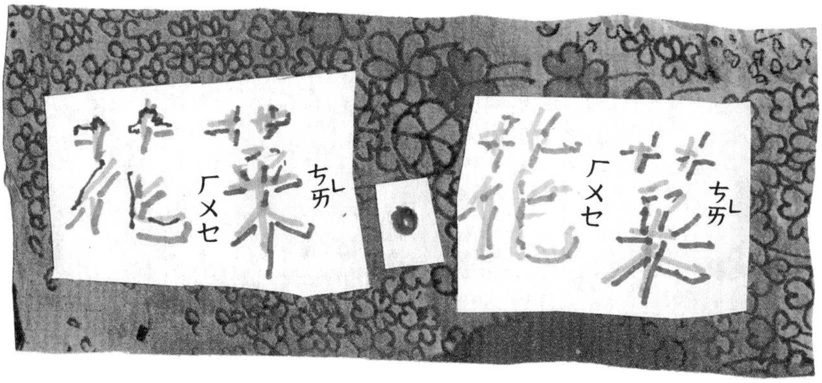

菜瓜開花

菜瓜，菜瓜，
菜瓜開花。
開花生菜瓜，
有花才有瓜，
無花就無瓜，
愛瓜就愛花。

一蕊花，一條瓜，
一條瓜，一蕊花，
有花就有瓜，
有瓜嘛有花。

菜瓜棚仔全全花，
菜瓜棚仔全菜瓜！

鰗鰡

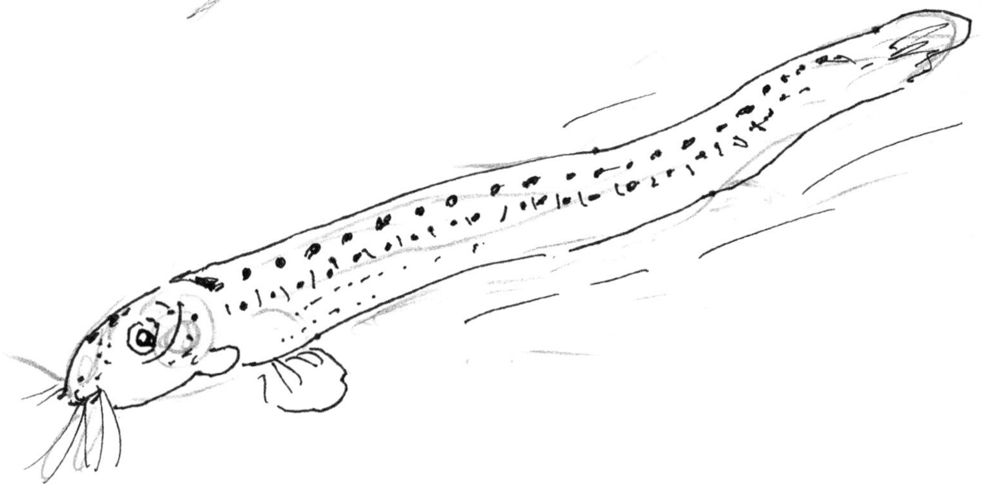

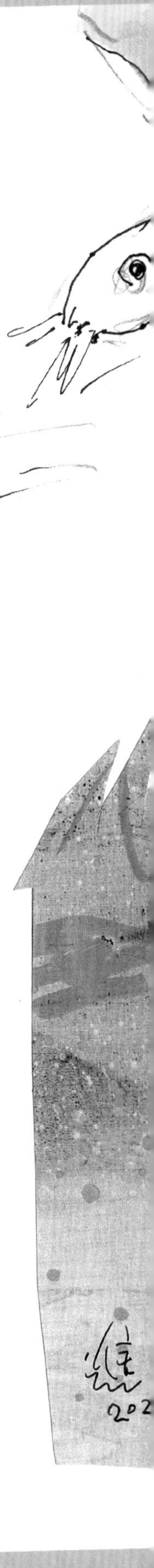

鰗鰡，鰗鰡，
發喙鬚，
勢鑽勢泅，
滑溜溜。
人欲掠，
趕緊溜！

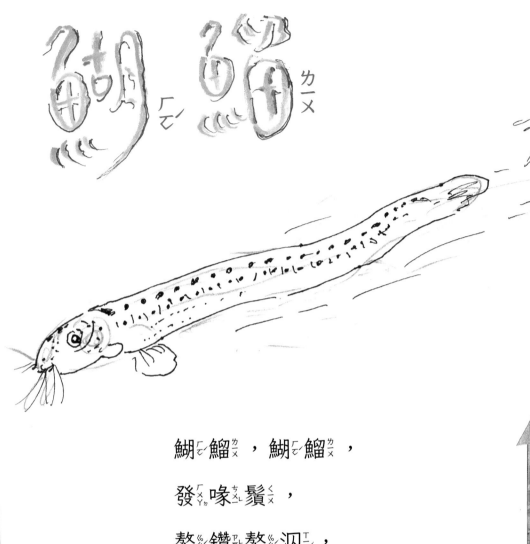

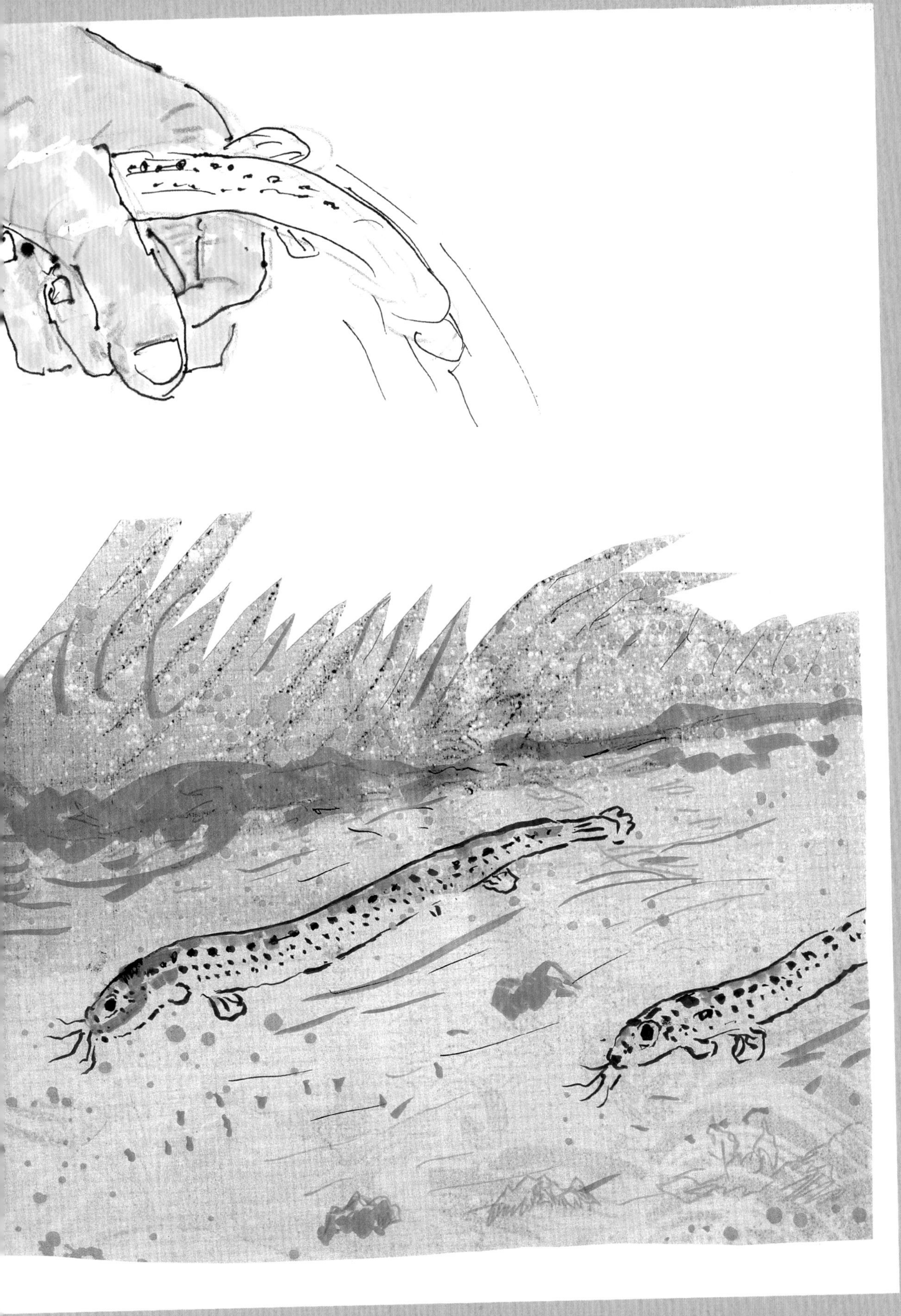

貓咪

貓咪，貓咪，
你咧看啥物？
我鼻著鳥鼠味。

貓咪，貓咪，
你欲佗位去？
我欲去掠鳥鼠。

粟(ㄑㄧㆶ)鳥(ㄐㄧㄠˋ)仔(ㄚˋ)

粟(ㄑㄧㆶ)鳥(ㄐㄧㄠˋ)仔(ㄚˋ)，尾(ㆠㄨㄝˋ)翹(ㄎㄧㄠ˪)翹(ㄎㄧㄠ˪)，
袂(ㆠㄨㄝ˫)曉(ㄏㄧㄠˋ)行(ㄍㄧㆩˊ)，會(ㄝ˫)曉(ㄏㄧㄠˋ)跳(ㄊㄧㄠ˪)。
啾(ㄐㄧㄨˊ)啾(ㄐㄧㄨˊ)啾(ㄐㄧㄨˊ)，唱(ㄑㄧㆫ˪)歌(ㄍㄨㄚ)謠(ㄧㄠˊ)，
貓(ㄋㄧㄠ)仔(ㄚˋ)來(ㄌㄞˊ)，飛(ㄅㄨㄝ)了(ㄌㄧㄠˋ)了(ㄌㄧㄠˋ)。

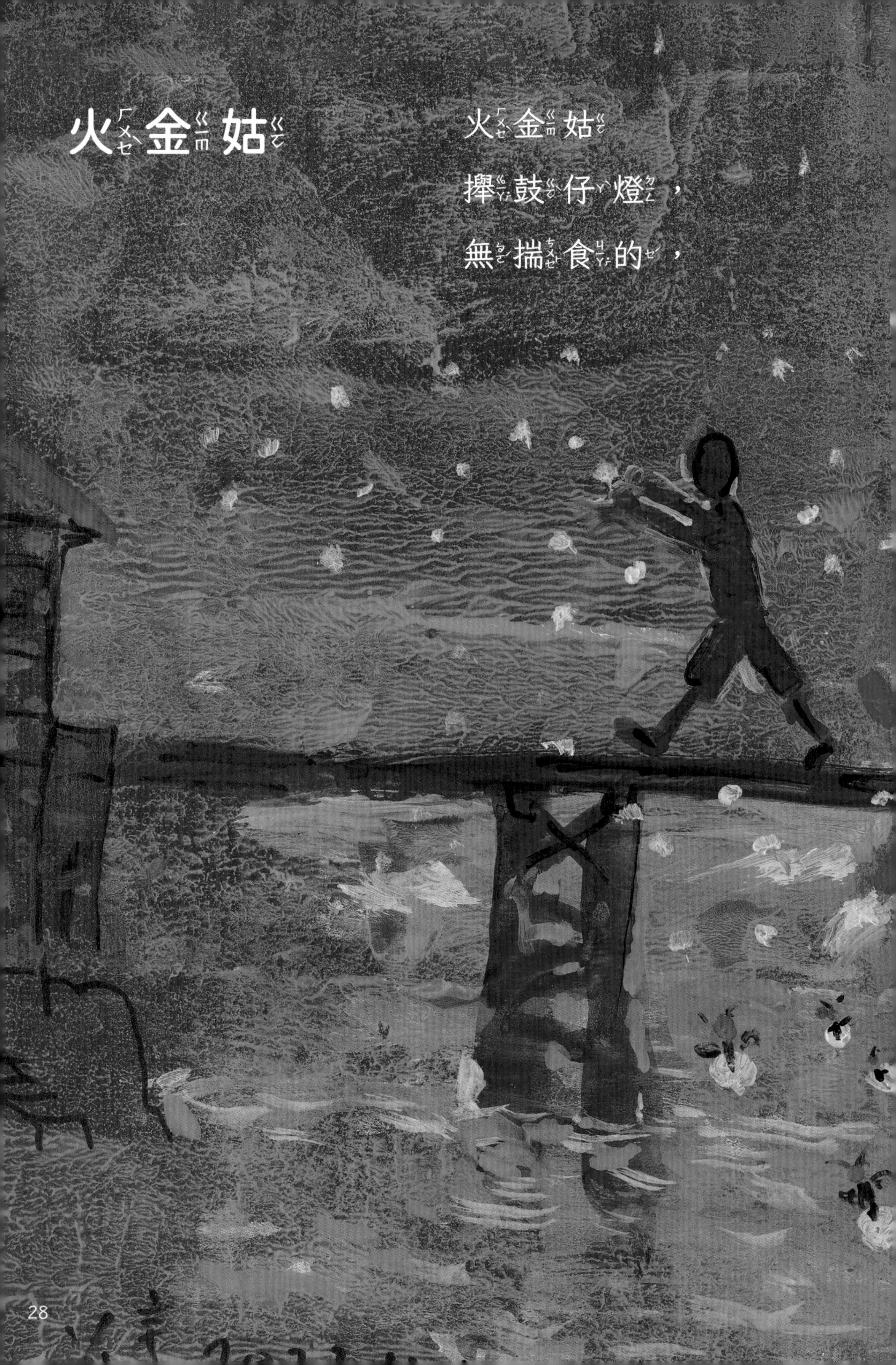

火金姑

火金姑
擛鼓仔燈，
無揣食的，

無揣耍的，
也無跳舞；
伊真熱心，

悉阮去
揣熱天的夢。

※ 教育部閩南語常用字辭典為「火金蛄」，「火金姑」是異體用法。此處將螢火蟲擬人化，因此使用「火金姑」。

猴山仔

猴山仔，過番麥，
正手過，倒手提，
提兩穗，落一穗，
閣提閣落，閣落閣提，
無閒規晡久，
手裡攏是一穗番麥。

金魚

金魚，金魚，
目睭大大蕊。
金魚啊金魚，
紗仔裙，真誠婧。
泅來泅去的金魚，
親像流動的煙火，
親像跳舞的紅花。

2010.5